So war das Leben in Masuren

Eine Erzählung über Masuren. Der Autor läßt seine Jugendjahre in Masuren wach werden und berichtet auf dieser Erin-
nerungsreise über die Lebensbedingungen seiner Landsleute.

Karl-F. Papajewski

So war das Leben in Masuren

Bibliografische Information der Deutschen Nationalbibliothek:
Die Deutsche Nationalbibliothek verzeichnet diese Publikation in der
Deutschen Nationalbibliografie; detaillierte bibliografische Daten sind im
Internet über < http://dnb.d-nb.de > abrufbar.

© 2007 Karl-F. Papajewski
Satz, Umschlaggestaltung, Herstellung und Verlag:
Books on Demand GmbH, Norderstedt
ISBN: 978-3-8334-8314-1

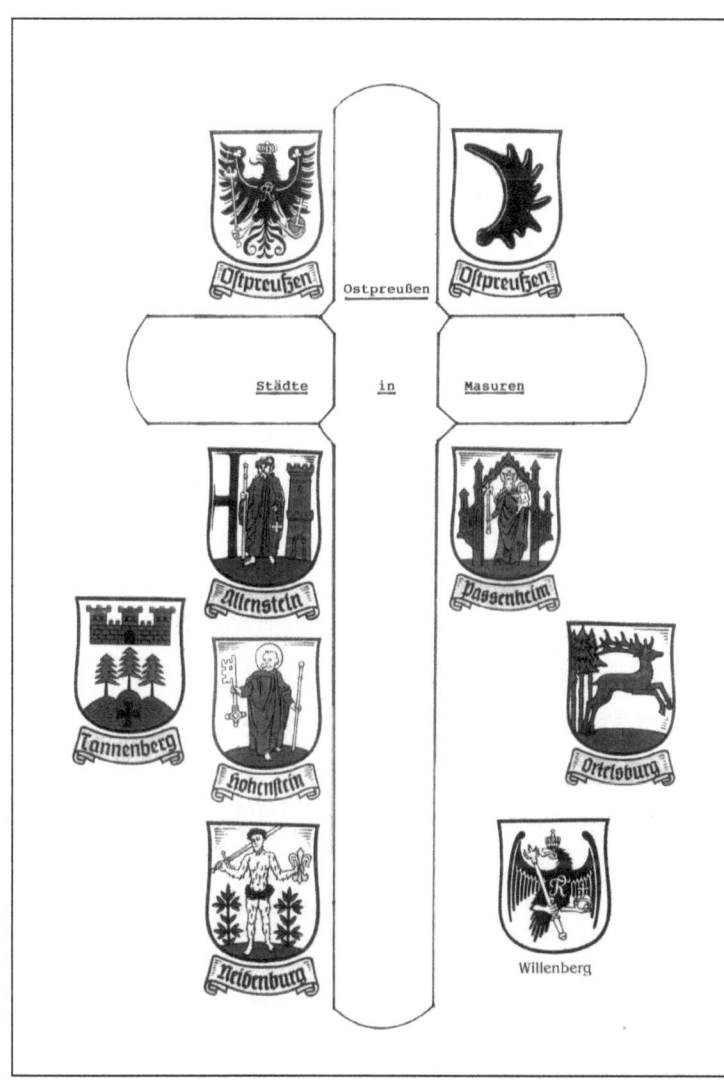

Ostpreußen

Städte in Masuren

Ostpreußen · Ostpreußen · Ostpreußen · Allenstein · Passenheim · Tannenberg · Hohenstein · Ortelsburg · Neidenburg · Willenberg

Vorwort

Masuren, der südlichste Teil Ostpreußens, der sich im wesentlichen auf den Regierungsbezirk Allenstein beschränkt, ist die Heimat des Autors. Die weiten Tiefebenen, bestehend aus Moorwiesen und Wasser, werden von weitläufigen Hügeln unterbrochen und charakterisieren geologisch die Endmoränenlandschaft.

In der Geschichte und den noch zu findenden Heimatgedichten hat dieses Land seinen festen Platz als das *»Land der dunklen Wälder und kristall'nen Seen«*. Mit einem gleichnamigen Text beginnend, hat Erich Hanninghofer ein Gedicht verfaßt, das von Herbert Brust zu einem stimmungsvollen, dieser Landschaft angepaßten Lied vertont wurde.

Wie ganz Ostpreußen, so war auch sein Bestandteil Masuren von seinen Ureinwohnern, den Prußen, bewohnt. Ein Hinweis auf andere Bewohner, vor ihnen, ist nicht zu finden. Nach ihrer Zeit hat man ihnen viele ähnliche Namen gegeben, wie Pruzzi, Pruzzen oder Borussi, sie selbst sollen sich aber Prussai genannt haben. Nach unserem gegenwärtigen Verständnis waren diese Menschen Wilde, wie man es in Amerika den Indianern zubilligte. Die Christianisierung dieses Volkes zu Beginn des 11. Jahrhunderts durch den Ritterorden unter dem Hochmeister Hermann von Salza hatte ihre weitgehende Auflösung (Ausrottung) zur Folge. Mit dem Schlachtruf »Tod oder Taufe« ist man über sie hergefallen. Läßt man sich von den gelegentlich noch zu findenden Chronikfragmenten leiten, so sollen die Galindier als einziger Stamm in ihrem Stammesgebiet Galindien diesen Kreuzzug gegen sie überlebt haben. Den Aufzeichnungen nach soll es sich da um ein von Sümpfen und Mooren durchsetztes Urwaldgebiet gehandelt haben, das ein Eindringen unmöglich machte. Im Jahre 1285 verkündete der Ritterorden den

Endsieg über die Prußen. In der Folge erklärte Friedrich II. dieses Land zum Ordensstaat Preußen. So ist Ostpreußen mit seinem Landesteil Masuren, dem ehemaligen Stammesgebiet der Galindier, entstanden.

Zur Orientierung über die Ureinwohner Ostpreußens ist eine alte Karte aus dem 13. Jahrhundert als Folgeseite beigefügt. Wer das Kerngebiet des Masurenlandes zwischen Ortelsburg, Willenberg, Neidenburg, Hohenstein und Allenstein kennt, wird eine Übereinstimmung mit den Aufzeichnungen des Chronisten feststellen, wonach die Prußen in diesem Teil, das ihr Stammesgebiet Galindien war, überlebt haben können. Man muß nicht unbedingt Geologe sein, um diese Landschaft als Endmoränegebiet zu erkennen. Man sollte aber eine tiefere Beziehung zur Natur haben.

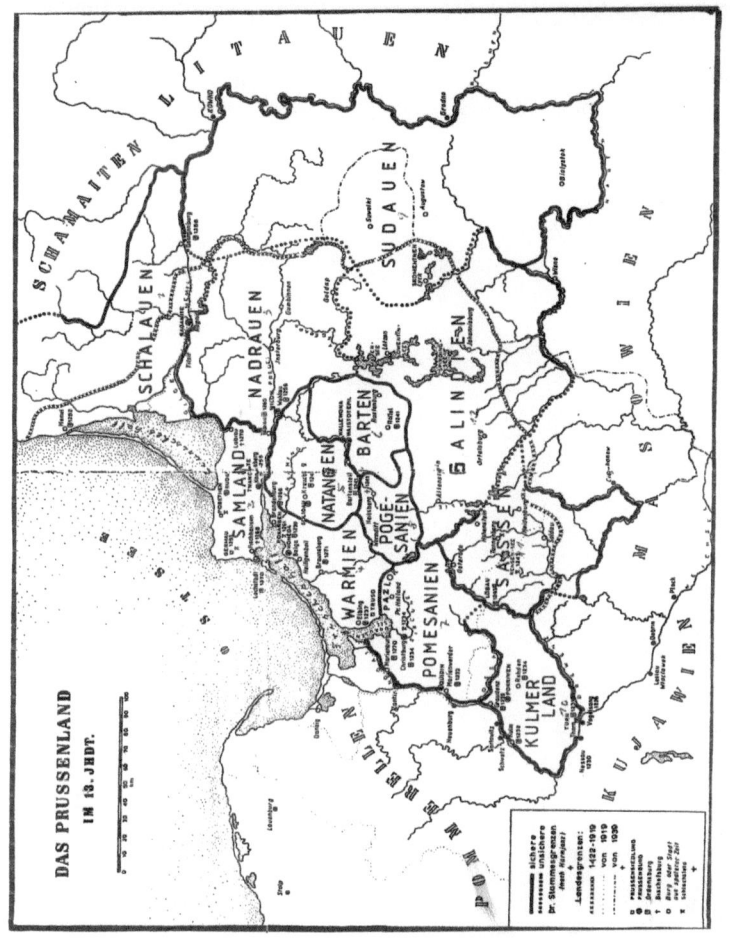

DAS PRUSSENLAND
IM 13. JHDT.

Einleitung

Der Autor erzählt in diesem Buch, wie er seine Jugendzeit in seiner Heimat Masuren erlebt hat und berichtet in diesem Zusammenhang über die Lebensverhältnisse seiner Landsleute.

Für viele deutsche Menschen ist seine Heimat Masuren/Ostpreußen vermutlich ein fremder und schon in Vergessenheit geratener Teil Deutschlands. Er hat kurz vor Vollendung seines 18. Lebensjahres die Heimat verlassen. Wie seine Altersgenossen, so mußte auch er der Wehrpflicht folgen. Der Leser kann also davon ausgehen, daß seine Aufzeichnungen keine Erfindung sind, sondern der Wahrheit entsprechen; Erlebtes wird damit niedergeschrieben. In diesem Alter ist der Mensch der objektiven Wahrnehmung fähig und wird seine Erlebnisse ebensowenig vergessen wie seine Jugendzeit.

Seine Darstellungen wird er den Jahreszeiten angepaßt einteilen und damit die allgemein verbreitete Geschichte, die Masuren hätten im Winter hinter ihren Öfen in Pelzen auf Bänken herumgelegen, widerlegen. Der Leser wird im Verlauf seiner Darstellungen schnell erkennen, daß die Menschen, der Not gehorchend, auch in den Wintermonaten hart arbeiten mußten.

Die allgemein extremen Winterverhältnisse und die nicht gerade langen, aber ausgeglichenen Sommerzeiten forderten von den Menschen eine Anpassung, die sich nicht nur auf die Kleidung, sondern auch auf ihre Konstitution bezog. Die Lebensbedingungen zwischen der Stadt- und der Landbevölkerung waren nicht vergleichbar, das ist aber nicht nur auf Masuren zu beziehen, sondern auf ganz Ostpreußen und vermutlich auch auf das ganze Deutschland zu dieser Zeit. Der große Vorteil, den die Masuren hatten, war vermutlich ihre angeborene Bescheidenheit und ruhige Gemütsverfassung.

Der Autor hat die Zeit erlebt, in der die Jugend ausnahmslos gefordert wurde. Von Jugendgruppen organisierte Fahrradtouren und Zeltlager führten ihn in verschiedene Gegenden Ostpreußens. Er konnte so Vergleiche zwischen seiner Heimat und anderen Orten des Landes anstellen. Insofern ist seine Darstellung über die Lebensverhältnisse zur damaligen Zeit richtig. Es hat im allgemeinen keine sichtbaren oder spürbaren Unterschiede gegeben.

Am Anfang seiner Aufzeichnungen soll die Feststellung stehen, daß seine Heimat und ihre Menschen schuldlos infolge diktatorischer Entscheidungen nicht nur ihrer angestammten Heimat, sondern auch der gewachsenen Kultur beraubt wurden. Der Zeitverlauf macht erkenntlich, daß diese Werte mehr und mehr in Vergessenheit geraten. Selbst Kinder dieser Bevölkerung, ob sie nun noch dort oder bereits hier geboren wurden, verlieren erkennbar die Beziehung zu den Wurzeln der Herkunft ihrer Vorfahren. Und wenn überhaupt Interesse besteht, dann erfahren sie das nur vom Hörensagen. Eine Verbindung oder Bindung gibt es nicht mehr. Der Autor möchte damit die großmundige, weltweit verbreitete Heuchelei von Völkerrecht, Menschenrecht, Menschenwürde etc. zur Disposition stellen. Im Vorwort dieses Buches hat er die Entstehung Ostpreußens erwähnt, die er mit wenigen Sätzen vorgestellt und die Urbevölkerung dieses Landes benannt hat. Wer sich geschichtlich mit dem Geschehen und dem Untergang dieser Ureinwohner befaßt hat, wird zwangsläufig zu Vergleichen gezwungen. Die Erkenntnis macht sich breit, daß dieses Land innerhalb des Jahres 1000 zweimal gebrandschatzt und die Bevölkerung ausgerottet oder vertrieben wurde. Die Mittel zu diesem Zweck waren unterschiedlich, das Ergebnis aber gleich. Es umschleicht einen die Frage, ohne Anhänger des Aberglaubens zu sein: Ist dieses Land möglicherweise mit einem Fluch

belegt, demzufolge in gewissen Abständen ein Inferno ausge-
löst wird? Es ist vielleicht ratsam, darüber nachzudenken.

Wenden wir uns nun aber dem eigentlichen Thema zu und
beginnen mit dem Frühjahr in Masuren, dem der Frühling
kaum spürbar folgte. Ein jeder Masure spürte die nahende
Veränderung und stellte sich zeitgerecht auf das Ende des Winters ein. Er wußte, welch kaum zu bewältigende Arbeiten auf
ihn zukamen. Der Übergang vom Frühjahr zum Frühling war
eigentlich nicht wahrzunehmen, diesen feinen Unterschied haben wohl nur die Bauern mit ihrer zeitgerechten Ackerarbeit
markiert.

Die Landbevölkerung, damit sind die Menschen im Dorf
gemeint, in deren Mitte der Autor seine Jugendjahre verbracht
hat, wurde sichtbar rege.

Wenn Ende März der Winter zu schwächeln begann und
recht schnell zusammengebrochen ist, war der Frühling spürbar. Auf ansteigenden Hügeln, an Waldrändern lockte die
Sonne die ersten Schneeglöckchen hervor, und dort wo sie
richtig Präsenz gezeigt hat, konnte ein jeder den Duft des Früh-
lings wahrnehmen. Das Erwachen der Natur hatte auch das
in Verstecken verborgene Niederwild beflügelt. Man konnte
dessen Erscheinen an verschiedenen Stellen sehen. Hase, Fuchs
und Dachs zeigten durch ihr Verhalten eine gewisse Dank-
barkeit. Ähnliche Aufmerksamkeit haben die Wasservögel auf
dem See, besonders in Schilfregionen, auf sich gezogen. Ihre
Geschäftigkeit konnte nicht überhört werden. »Es war Auf-
bruchstimmung in Masuren.«

Auch wenn der Schnee noch nicht weggeschmolzen war,
hat man die Geschäftigkeit der Bauern auf ihren kleinen Höfen ebenfalls wahrnehmen können. Neben den Arbeiten in
den Ställen und Scheunen wurden die Ackergeräte überholt
und größere Reparaturen beim Schmied in Auftrag gegeben,
man wußte, welche Arbeiten zur Bewältigung anstanden, und

man hoffte, daß der Frühling einen schnelleren Gang einlegen würde, damit man die Kühe auf die Weiden bringen könnte. Dadurch würde man das Futter und die Stallarbeiten sparen. Sofern noch zurückgelegtes Getreide, Erbsen oder Buchweizen zu dreschen waren, wurden die Dreschflegel aktiviert. Kleine Mengen hat in der Regel der Bauer selbst gedroschen. Wenn es sich aber um größere Lagen gehandelt hat, war es meistens ein Tageswerk, das zwei Mann in Anspruch genommen hat. Es war zwar keine leichte, aber eine sehenswerte Arbeit, die den Betrachter erstaunen ließ. Bewundernswert war der geübte Takt, den die zwei wechselweise lieferten, ohne sich dabei zu gefährden. Wer einmal so einen Dreschflegel in Bewegung gesetzt hat, weiß, wie unberechenbar dieses Instrument sein kann, wenn man es nicht beherrscht.

Bevor auf die weiteren Arbeiten eingegangen wird, muß herausgestellt werden, daß es in den wenigsten Dörfern Masurens elektrischen Strom gegeben hat. Man mag da nur an die Tierfutteraufbereitung denken. Futterrüben wurden mit dem einfachen Handstampfeisen zerkleinert, größere Mengen mit dem Rübenschneider, der mit Muskelkraft in Bewegung gesetzt wurde. Ähnlich war es mit dem Häcksel für die Pferdefütterung, auch das wurde zwar mechanisch, aber mit Pferdekraft hergestellt. Die in der Scheune stationierte Häckselmaschine war über Eisenklauen und Eisenstangen mit dem Roßwerk, auch Göpel genannt, verbunden. Und wie der Name schon sagt, dieses Roßwerk mußte von Pferden im Kreis gezogen werden, damit die mit Messern ausgestattete Walze der Häckselmaschine das Stroh hacken konnte. Ich kann mich erinnern, daß diese Häckselmaschine von vielen noch mit einem an einem großen Eisenrad befestigten Griff von Hand gedreht wurde, weil ein Roßwerk nicht vorhanden war. Dieses Roßwerk oder Göpel war schon eine Errungenschaft, über die nicht jeder verfügte. Die Futterkartoffeln für die Tierfütterung wurden in großen Kartoffeldämpfern, die mit Holz befeuert wurden, gar gekocht und ebenfalls mit dem erwähnten Handstampfeisen zerkleinert. All diese Arbeiten, mit Ausnahme der Häckselherstellung, haben sich die Bauern gespart, wenn sie die Kühe, und an Sonntagen auch die Pferde, auf die Weide treiben konnten. Wer von ihnen hat sich das nicht gewünscht!

Da fällt mir ein, daß auch kleine Mengen Mehl, die in der Küche gebraucht wurden, es handelte sich da meistens um den in Masuren angebauten Buchweizen, mit der Handmühle gemahlen wurde. Diese Handmühle war ein Schwergewicht eigener Herstellung und bei meinen Großeltern auf dem Dachboden stationiert; um sie in Bewegung zu setzen, hat es starke Kraftanwendung gekostet. Hat man sich dieses Werk einmal genauer angesehen, war es einfach, aber praktisch; wie aber die schweren Mühlsteine auf den Boden gebracht wurden, das war und ist mir heute noch ein Rätsel. Mein Großvater erzählte mir, daß bis vor gar nicht so langer Zeit, zu seines Vaters Zeiten das Getreide grundsätzlich in den Wintermonaten mit dieser Mühle gemahlen wurde. Wen wundert es da, daß diese Menschen viel fettes Fleisch, Speck und große Portionen verdrückt haben. Für Energie mußte gesorgt werden.

Eine ununterbrochene, körperliche Arbeit setzte sich fort, und dabei war das Pferd unverzichtbar, ohne dieses Tier ging einfach nichts, deshalb galt ihm auch die Pflege erster Klasse. Nicht nur das erwähnte Niederwild zeigte Freudeverhalten über den ankommenden Frühling, auch bei den Pferden konnte man das sehen, wenn sie in freien Stunden auf die Weide gebracht wurden; sie zeigten dann so richtig, was sie konnten.

Wenn die Eisränder in unserem Fluß brüchig wurden, mußte der »Strom« von dem seitlich wuchernden Schilf befreit werden. Unser Fluß, übrigens auch eine nicht zu unterschätzende Nahrungsquelle für die Menschen, hieß Sawitzfluß und war die Verbindung zwischen dem Seedanziger See und unserem

Kleinen Schobensee; er war im übrigen auch sehr fischreich. Seine Breite war etwa sechs bis sieben Meter und die Tiefe hat durchschnittlich 1,20 Meter betragen. Die Befreiung des Ufers von seitlich wucherndem Schilf konnte nur von Hand erfolgen. Dieser Arbeit konnten wir Jugendlichen in unserer Freizeit stets zusehen. In einem selbstgebauten Kahn, mit einer Zweimannbesetzung, die mit langstieligen Sensen ausgestattet war, wurde das Schilf von der Flußseite in Wurzeltiefe abgeschnitten und das Schnittgut der Strömung des Flusses überlassen. Unser Interesse galt stets den durch die Sense in der Tiefe getroffenen Fischen. Nun muß man sich nicht dem Gedanken hingeben, daß unser Fluß wirklich ein »Strom« war, er floß vielmehr leise vor sich hin, aber seine Strömung hat das geschnittene Schilf bis zum See befördert. Es ist auch vorgekommen, daß das Schnittgutaufkommen zeitweise so stark war, daß es in der Mündung zum See staute, das haben die Bauern aber stets überwacht, hatten sie doch ihre Erfahrungswerte. War der Unrat erst im See, dauerte es nicht lange, bis er unterging und auf dem Seegrund verrottete. Diese Arbeiten wurden sorgsam in jedem Frühjahr durchgeführt, damit der Strom des Flusses gesichert war und seitliche Verwucherungen vermieden wurden. Es war übrigens die Aufgabe der Bauern, deren Weide- und Heuwiesen an den Fluß angrenzten. Einer amtlichen Aufforderung bedurfte das nicht. Gemessen an ihrer Nutzung des Flusses war das eine nebensächliche Angelegenheit.

Unser Dorf war übrigens ein ausgesprochenes Storchenparadies. Es hat kaum eine Scheune oder einen Stall gegeben, auf dem kein Storchennest gewesen ist. Das Dorf hatte nur eine Dorfstraße. Die westliche Seite der Straße war die Seeseite, und eigentlich nur auf den Dächern der Gebäude zur Seeseite befanden sich die Storchennester. Sie kamen stets pünktlich im Frühjahr, und auch sie galten als die Boten des nahenden Sommers. Es ist schon vorgekommen, daß sich nach ihrer Ankunft der Winter stundenweise mal wieder meldete. Sie standen dann zusammengekauert auf einem Bein auf ihren Nestern, haben sich aber vom Futterholen nicht abbringen lassen. Bequemer konnten es die Tiere nicht haben. Sie brauchten sich nur von ihrem Nest abzuheben und standen ohne Schwingenschlag im Fanggebiet, und auch da konnte man sehen, daß sie gar nicht waten mußten: sie nahmen ihre Beute aus dem Stand auf und setzten zum Flug auf ihr Nest an. Verständlich, daß diese Tiere die Seeseite der Gebäude besetzt haben.

Am See und in seinen Schilfregionen war zu dieser Zeit besonders viel los, das Spektakel der Vielfalt von Seevögeln war nicht zu überhören. In der Zeit der Eiablage wurden Nester per Kahn vom See her in den Schilfgebieten aufgesucht und die Eierbestände verringert. Das führte natürlich zu weit hörbarem Vogelspektakel. Diese Maßnahmen dienten dem Zweck einer zu kontrollierenden Population, die sonst in diesem besonders für Seevögel begünstigten Gebiet außer Kontrolle hätte geraten können. Sie wurden deshalb aber auch zu besonderen Zeiten bejagt. Während der Nestkontrollen waren sie laut, jetzt hörte man sie nicht, sie haben sich dann sehr ruhig verhalten. Die Eierernte wurde nicht einfach restlos vernichtet. Nach einer sachkundigen Eierprüfung wurde dann stets ein großartiges Rühreiessen mit Speck und tüchtig Korn veranstaltet.

Sieht man jetzt von diesen zeitweise fröhlichen, erholsamen Stunden ab und widmet sich dem Alltag, so stellt man schnell fest, daß die Bescheidenheit der Menschen nicht nur sichtbar, sondern in vielen Fällen, man könnte sagen, fast hörbar war. Die Familien waren durchschnittlich nicht klein; sie mußten aber durchgebracht werden, und irgendwie gelang es auch. Ohne Zubrot aber, war da im allgemeinen nichts zu machen. Auch wenn jeder von ihnen uneingeschränkt über die Grundnahrungsmittel, wie Brot, Kartoffeln, Fisch und Gemüse, verfügte, mußten andere notwendige Dinge des Lebens gekauft werden. Also hat man sich auch da was einfallen lassen, denn »Not macht gefügig«. Sowie der Schnee weitgehend geschmolzen war, besorgten die Männer aus dem Wald Kienholz, es wurde in kurze Stücke gesägt und zu Spänen gespalten. Die Vermarktung besorgten in der Regel die Frauen, und sie haben mit der Zeit auch feste Abnehmer in der Stadt gehabt, so daß sie deshalb nicht unbedingt an Markttagen hinfahren mußten. Das weitere Zubrot lieferten dann die Erträge durch Waldbeeren, Pilze, Butter und Quark – selbst hergestellt, Eier und vieles andere mehr. Butter galt bei uns als Vermarktungsgegenstand, sie war nur selten auf dem Tisch zu finden. Befördert haben das die Frauen per Fahrrad in die etwa 15 Kilometer entfernte Stadt.

Die Märkte in Masuren waren sehr interessant und geordnet. Unten zeigt die Aufnahme einen Markttag in Neidenburg.

Auf diesen Märkten konnte man eigentlich alles erwerben, was man sich so vorgestellt hat. Vom Pferd über die Kuh bis zum Hosenknopf oder der Nähnadel. Aber zu bestimmten Zeiten hat es dann ausgesprochene Viehmärkte gegeben, da konnte man die feilschenden Viehhändler in voller Aktion sehen. Wenn man sie so richtig gezielt ins Auge faßte, konnte man ihr geschmeidiges Wesen erkennen; sie haben bei diesen Anlässen aber immer verdient. Der Dumme war stets der Bauer! Und dennoch haben sie solche Gelegenheiten, wie die Markttage, richtig genossen. Daß sie von den Viehhändlern gelinkt wurden, haben sie immer erst später feststellen müssen. Diese Nachmarktzeit aber wurde in der Stadt so genossen, daß es dunkel wurde und sie im allgemeinen des Nachts nach Hause kamen, wobei nicht sie dann den Wagen steuerten, sondern ihre Pferde. Auch das mußte wohl hin und wieder mal sein, sei es, daß der Antrieb dazu die Sorge oder eine Fröhlichkeit war. Ich muß sagen, daß die Bauern da eigentlich keine Gelegenheit versäumt haben, um lustig zu sein. Der Korn oder der Bärenfang war dabei stets ihr Geselle.

Da ist aber noch etwas nachzutragen, was nicht in Vergessenheit geraten darf. Es betrifft die Störche bei uns. Wenn die Jungstörche auf den Nestern das Fliegen lernen mußten, hatten sie auch schon mal Pech und kamen nicht auf dem Nest, sondern neben dem Nest an der Scheunen- oder Stallwand nieder. Die Besorgnis der Storcheneltern konnte man sich vorstellen, aber scheinbar vertrauten sie da den Bauern, die das ja gesehen haben und sie wieder ins Nest setzten. In die Nähe der alten Störche durfte man nicht kommen, sie wußten sich zu wehren. In dieser Zeit waren auch die Federviehjungtiere auf den Höfen und um die Gebäude herum unterwegs; sie wurden von den Muttertieren auf ihren ersten Wanderungen begleitet. Zu unserer vielfältigen Vogelwelt gehörte neben dem Fischadler natürlich auch der Hühnerhabicht, der in dieser Zeit besonders aktiv war. Mein Großvater hat die meiste Zeit dann hinter der Scheune, zum See hin, auf seiner Bank mit seiner Kleinkaliberbüchse zugebracht und dabei auch Erfolge im Abschuß der Habichte gehabt. Auch die Population der Greifvögel mußte im Rahmen gehalten werden. Einmal erlebte ich, wie ein Schwanenpaar aus dem See auf die Wiese zu meinen Großeltern wanderte und plötzlich das Tempo mit Flügelschlag beschleunigte. Es hat einen Hund ausgemacht, auf den die beiden losgingen. Der trotzige masurische Dorfhund setzte sich aber zur Wehr und zeigte den beiden mächtig seine Zähne, aber schließlich hat er doch aufgeben müssen und sich mit einem sagenhaften Tempo entfernt. Ob sie besonders bösartig waren, oder der Hund ihnen was angetan hat, wußte ich nicht. Mein Großvater meinte aber, daß sie eine Art weiträumigen Schutz vermutlich um ihr Nest auslegten und ihnen der Hund da im Wege war. Mein Großvater kümmerte sich in dieser Zeit nun besonders um seine Bienenstöcke im Hausgarten. Mußten sie doch nach dem Winter alle auf Vordermann gebracht und das Leben der Bienen vor ihren ersten Ausflügen kontrolliert werden. In gewissenhafter Art und sachkundig kontrollierte er auch die Obstbäume und sorgte für den notwendigen Rückschnitt der Austriebe.

Für uns Jugendliche öffnete sich eine Welt der vielfältigen Unternehmungen. Die Schule und die Schularbeiten mußten aber erst hinter uns liegen. Mit unserem See hatten wir zu dieser Zeit nichts im Sinn. Außer dem Geschnatter der Seevögel in den Schilfregionen hat er uns nichts bieten können. Also waren unsere Anlaufstellen unser Fluß, wo wir den Nesterbau der Vögel in den Schilfrändern sehen konnten, die Libellen in verschiedenen Farben und Größen und natürlich die Laubfrösche, die in weiten Sprüngen vor uns flüchteten. Einige von uns waren der Meinung, daß die Laubfrösche es schon wüßten, warum sie vor uns abhauten. Ja, da hat es gelegentlich schon mal Übergriffe gegeben. Aber diese »Flußinspektionen« waren nur Zwischenstationen auf unseren Wegen in die Moorwiesen, man hat sie bei uns Kunstwiesen genannt.

Dieses weitläufige Gebiet muß früher einmal eine ausgedehnte Moorlandschaft gewesen sein, die man im Laufe der Zeit, sicher muß das viele Jahre gedauert haben, zu Nutzflächen urbar gemacht hat. Es war eine Landschaft eigener Art; ihr gepflegtes Dasein hervorstechend und von den Hügeln betrachtet eine Augenweide. Soweit man sehen konnte, waren Planquadrate durch Gräben und Raine aufgeteilt. Die Gräben unterlagen alljährlichen Kontrollen; sie mußten von Zeit zu Zeit nachgestochen werden, der so gewonnene Torf wurde in durchlüfteten Haufen aufgestellt und nach der Trocknung im Herbst in den Öfen verfeuert. Die Nutzung dieser Wiesen war auf die Heuernten beschränkt, Kühe oder Pferde haben dort keinen Zugang gehabt, das war streng untersagt. Sie waren im übrigen in staatlichem Besitz und unterlagen der forstlichen Aufsicht, die auch die Pachtverträge mit den Bauern zum Zweck der Heuernten abschloß. Diese Regelung war einem jeden von uns bekannt.

Die von zeitweise starkem Frost und Schneefällen bedachte Masurenheimat bedeutete auch Überlebenskampf für die heimische Tierwelt, wie beispielsweise das Rebhuhn, das ein nicht zum Winterschlaf gehörendes Tier, weil ein Vogel ist. Schon in der Frühe, wenn wir uns zum Schulweg sammelten, haben wir diese kleinen erdbraunen Vögel – sie gehören zur Familie der Fasanen – plötzlich aus Löchern der gefrorenen Schneedecke auftauchen und emsig nach Futter suchen sehen. In der Regel war es die Zeit der starken Fröste und Schneefälle. Auffällig war aber, daß sie ihre Quartiere unter der gefrorenen Schneedecke stets unter Laubbäumen, meistens unter Birken hatten. Dieser Baum hat auch im Winter noch restlichen Samen, die bedingt durch starken Frosteinfluß oder auch Rauhreif auf den

Boden fallen. – Sind das nicht kluge Tierchen! Sie sammeln sich auch in dieser futterarmen Zeit als Familien an Stellen, die ihnen das Überleben einigermaßen sichern.

Unsere Interessen galten dem Gebüsch, den unendlichen Rainen und dem darin verborgenen Wild, wie Fuchs, Dachs, Marder, Hasen und auch Vögeln. Stießen wir dabei nun zufällig, nichtsahnend auf Kiebitzkolonien, ging eine wilde Jagd los. Weil sie aufgescheucht wurden, stürzten sie im Flug auf uns, wir wehrten uns mit Stöcken und zogen uns zurück, weil sie nicht aufzugeben bereit waren. Für uns war das auch die Erkenntnis, daß sie scheinbar ihre Nester renovierten oder Eier legten. Also gingen wir anderen Dingen nach.

Ein jeder von uns hatte Ideen. Besonders wichtig zu dieser Zeit war das Schneiden gerader und schlanker Weidenruten für unsere masurischen Knallpeitschen. Man kannte sie nur in der näheren Umgebung unseres Dorfes. Für uns unverzichtbar. Sie wurden aus acht Ruten in vierkantiger Form geflochten, hatten am Ende einen Holzstiel und wurden in der Spitze mit einer geflochtenen Aalschnur ausgestattet. Das Flechten beherrschten nur wenige von uns – und wer keine hatte, mußte sich eine kaufen. Der Preis wurde ausgehandelt. Im übrigen war auch die Herstellung sogenannter Flöten aus starken Weidenruten in dieser Zeit sinnvoll, und das beherrschten eigentlich alle von uns. Jeder hat so lange daran gearbeitet, bis er den richtigen Pfeifton ausgearbeitet hat. Sie waren immer Bestandteil der Hosentaschenutensilien. Die Knallpeitsche nannte man bei uns »Karbaz«, vermutlich ein Begriff der masurischen Sprache, die ältere Leute bei uns grundsätzlich sprachen und sich auch nicht anders untereinander verständigten. Ich kann mich erinnern, daß meine Großeltern, die sehr gottesfürchtig waren und am Glauben hingen, auch ihre Gesangbücher in dieser Sprache hatten. Diese Sprache ist eine der vielfältigen Mundarten slawischen Ursprungs; sie ist so wenig polnisch, wie polnisch nicht tschechisch, jugoslawisch oder russisch ist. Eine Verständigung dieser Mundarten untereinander ist nicht absolut gesichert. Ich erwähnte die Aalschnur als Bestandteil der Knallpeitsche und muß deshalb etwas weiter ausholen. Die Haut des See- oder Flußaals hat bei uns eine vielfältige und restlose Verwendung gefunden. Sie wurde nicht nur als Flechtwerk für Peitschen verwendet, sondern auch als Schuhsenkel und Bindemittel beim Schnüren von Getreidesäcken und vielen Dingen mehr – es war einfach Lederersatz, der kein Geld gekostet hat. Die Gewinnung dieses Naturproduktes war einfach. Es hat kaum einen Dachboden, zumindest in unserem Dorf, gegeben, an dessen Balken keine Aalhäute klebten. Jedem Aal wurde nach dem Fang das »Fell« abgezogen, dann wurde es in der vollen Breite einfach an den Holzbalken geklebt; der Klebstoff war einfach die fette Haut. Diese Aalhaut hing dann so lange an dem Holzbalken, bis sie abgefallen ist. Sie war dann reif für die weitere Verwendung, wie ich sie erwähnt habe.

Es waren stets laue Sommernächte, die von den Bauern zum Aalfang genutzt wurden. Besonders günstig soll es gewesen sein, wenn am Abend Gewitterstimmung aufkam. Bei solcher Witterung sollen die Aale besonders aktiv gewesen sein, und das mußte wohl stimmen, denn die Fangerfolge konnte man ja sehen. Jeder der Bauern, dessen Wiese am Flußrand endete, hatte ein Anliegerrecht, das ihn befugte, einen »Wippstand« am Flußrand zu bauen. Es handelte sich dabei um einen festen, trockenen Stand aus Pfählen und Brettern mit einer hochstehenden starken Holzgabel, über die das große Wippnetz eingelassen und gehoben wurde. Man kann diese Art Fangnetz auch als einen großen Kescher bezeichnen. Solche Gelegenheiten erfüllten doppelt ihren Zweck. Man hat darauf schon fast gelauert, konnte man doch in Nachbarsgesellschaft die Nacht mit einem tüchtigen Schluck Korn und Pfeife rauchend genießen. Aber auch Neuigkeiten wurden breitgetreten und die neuesten

Witze erzählt. Es waren die seltenen Abwechslungen, die den stets arbeitenden Menschen geboten wurden.

Auf unsere Kunstwiesen hinweisend, die ja erst zu solchen durch Trockenlegung der weiten Moorlandschaften gemacht wurden – sie waren für Mensch und Tier gefährlich. Das haben auch wir gewußt. Uns waren aber diese gefährlichen Flächen bekannt, und gerade dort haben wir unsere Mutproben unter Beweis gestellt. Einzeln mußte jeder, der sich besonders mutig darstellte, bekleidet nur mit Hose, über eine bestimmte Grasfläche rennen, die Zuschauer und Entscheidungsträger mußten dabei feststellen, ob er sich bei seinem Lauf wie auf einer Gummimatte fortbewegte; er mußte sehr schnell laufen, um nicht durch die dünne Grasdecke durchzubrechen.

Es hat da bei uns Wiesenstellen gegeben, wo man einen kleinen Wasserteich gesehen hat, der eine seltsame Sonnenspiegelung zeigte; das waren die gefährlichsten Stellen, man mußte daran lieber nicht gefühlsmäßig, sondern besser in weitem Abstand vorbeigehen. Und sie waren in Sommernächten sogar heimtückisch. Wenn es tagsüber sehr heiß gewesen ist, konnte man dort die sogenannten Irrlichter sehen, denen nicht selten ein Mensch zum Opfer wurde. Ich erinnere mich an einen Abend, als mein Großvater nach einem Besuch bei uns den Heimweg ins Dorf antrat und wir ihn nach einer Weile rufen hörten. Aus Erfahrung hat er in dieser Situation richtig gehandelt, er ist stehengeblieben, als er feststellte, er habe weichen Boden unter seinen Füßen, und gab Ruflaute von sich. Mein Vater zündete eine Stallaterne an und ging diese schwenkend seinen Rufen entgegen, bis er ihn fand. Er war so einem Irrlicht auf den Leim gegangen, obwohl gerade er die Gegend gekannt hat wie kaum ein anderer. Aber es war ja kein Wunder, es hat da nur befestigte Wege und Straßen gegeben und kein elektrisches Licht; er war der Meinung, daß es sich um das Lampenlicht eines Hauses gehandelt hat. In diesem Zusammenhang erinnere ich mich an eine Geschichte, die von den älteren Leuten im Dorf mit einem glaubwürdigen Gesichtsausdruck erzählt wurde. An dieser besagten Stelle sollen die Franzosen auf ihrem Rückzug aus Rußland ihre Kriegskasse versenkt haben, die dann zu bestimmten Zeiten dort hochkam, und das wäre eines dieser Lichter. Man hat sie bei dieser Meinung allgemein belassen. Daß es bei uns im Dorf eine alte Linde gegeben hat, unter der die Franzosen auf ihrem Marsch nach Rußland gerastet haben, trifft zu, das konnte man in der Gemeindechronik nachlesen. Aber das mit der Kriegskasse? Vielleicht ist das aus einem der vielen erfundenen Märchen entstanden, die an Abenden vor dem Haus auf der Bank so erzählt wurden. Die Abende mußten ja vertrieben werden. Es hat weder Zeitung noch Radio und schon gar kein Fernsehen gegeben, konnte ja auch nicht, weil es keinen Strom bei uns gegeben hat. Für uns Jugendliche waren die Geschichten von großem Interesse – und je gruseliger und mit Geistern sie ausgestattet waren, um so neugieriger machten sie uns. Ich will es nicht unterschlagen, wir haben sie dann meistens noch unglaubwürdiger weitererzählt. Und etwa so wurden in Masuren Märchen verbreitet.

Nun sollte aber keiner annehmen, wir lebten so in den Tag hinein, hätten keine Schule, keinen Lehrer und keine Bildung erfahren. Das würde ja so der allgemein verbreiteten Unwahrheit über die wilden Masuren entsprechen. Man treibt es ja etwa so auch noch heute mit den Ostfriesen. Nein, nein, uns wurde auch Bildung beigebracht. Bildung nach einem Stil, der heute keine Gültigkeit hat.

Zunächst aber eine kleine Vorstellungshilfe. Nicht alle von uns wohnten im Dorf und hatten die Schule vor Ort. Es hat den sogenannten Ausbau gegeben. Das waren Gebäude, größtenteils landwirtschaftliche Höfe, deren Äcker um die Häuser herum lagen. Auch diesen Flächen konnte man ansehen, daß es sich um gerodeten Wald gehandelt hat. Vertiefungen, die man nicht zur Nutzung herangezogen hat, waren in diesen Flächen mit Birken und Erlen urwüchsig bewachsen und boten dem Niederwild ein Zuhause. Wir hatten also von hier aus einen täglichen Schulweg von etwa vier Kilometern, der zum Teil auch durch den Wald führte. Schulbusse oder andere Beförderungsmittel standen nicht zur Verfügung. Unsere Schule, sie kam uns als Gebäude wie eine gemauerte Festung vor, lag auf einem Hügel im Dorf und hatte nur einen Klassenraum, durch den acht Schuljahre »durchgeschult« wurden. Ob es nun das erste oder das achte Schuljahr war, für alle begann der Unterricht um die gleiche Zeit, und das alles hat unser Lehrer allein abgewickelt. Das soll sich aber jetzt nicht geringschätzig anhören, immerhin haben einige von uns soviel gelernt, daß sie die Aufnahme an weiterführenden Schulen, und das war zum Beispiel das Gymnasium, geschafft haben. Ein Klassenraum, etwa vierzig Schüler aller Unterrichtsstufen zur gleichen Zeit und ein Lehrer, in der heutigen Zeit unvorstellbar. Und dann die groben, vermutlich vom Stellmacher hergestellten Schulmöbel, auf deren Bänken sicher schon viele Vorfahren geschult wurden. Die langen, schmalen Tischbänke waren mit vielen interessanten Schnitzereien versehen. Der Katheder des Lehrers hatte die gleiche Bauweise, man konnte ihn kaum bewegen. Der Unterricht verlief, von zeitweisen Unterbrechungen abgesehen, geordnet und aufmerksam. Es waren nachzuholende oder gerade begangene Strafen, die geahndet werden mußten. Disziplin und Aufmerksamkeit standen in unserer Schule an erster Stelle – und wer das nicht begriffen hat, dem hat der Lehrer das sehr schnell beigebracht. Nun muß man wissen, daß unser Lehrer ein besonderes Ansehen in der Dorfbevölkerung besaß. Er war die einzige Person mit »studiertem Wissen«, so sagte man. Einen Pfarrer oder ähnliche Geistesgrößen hat es im Dorf nicht gegeben; so konnte man Achtung und Respekt nicht aufteilen, alles ist ihm zugefallen.

Ich kann mich erinnern, daß die Lehrer in meiner Heimat etwa 30 bis 32 Jahre alt waren, sportliche Erscheinung und Ausstrahlung hatten und in der »Strafzumessung« gebildet waren. Vermutlich waren sie für die Bauernlorbasse speziell ausgebildet worden. Der Etat für Rohrstöcke in der Schulkasse muß wohl stets ausgeschöpft gewesen sein. Im Frühsommer, wenn der Schnee weggeschmolzen war, stand Waldwanderung mit Biologie und Heimatkunde auf dem Stundenplan. Diese Wanderungen, kann ich mich erinnern, hat der Herr Lehrer genutzt, sich mit »Strafstöcken« zu bevorraten. Es wurden nur schöne, gerade etwa einen Meter lange Haselruten geschnitten; er zeigte uns an, welche geschnitten werden sollten. Ein Taschenmesser gehörte bei jedem von uns zum Hosentaschenutensil. Die Bevorratung reichte dann wohl, bis Rohrstöcke gekauft werden konnten. Da muß ich doch eine Erfahrung preisgeben: Einer von uns hatte den Geistesblitz, man müßte die Rohrstöcke einer schnellen Unbrauchbarkeit zuführen, und er wußte auch, wie man das macht, aber das ging nur im Winter, wenn der große Kachelofen in der Klasse geheizt war. Also, die im Dorf wohnten, sind abwechselnd im Winter früher in die Schule, zogen mit einem Draht aus dem Katheder die Rohrstöcke heraus, zwiebelten sie und ließen sie hinter dem heißen Ofen trocknen, danach legte man sie wieder zurück. Und wir haben gestaunt, wie der Stock sich bei dem ersten Schlag splitternd auflöste. Ob das je herausgekommen ist, weiß ich nicht mehr.

Bei dieser Wertschätzung, die dem Lehrer im Dorf entgegengebracht wurde, hat er nicht nur die in der Schule begangenen Frevel ausgebügelt; er hat auch außerhalb der Schule das Verhalten der Schüler beobachtet, und wenn ihm von den Leuten Klagen über einen von uns zugetragen wurden, dann hat er sie auch erledigt. Es ist ja schon mal vorgekommen, daß die Jungens den einen oder den anderen Bauern arg geärgert haben, einfach weil er nicht so war, wie er ihren Vorstellungen nach hätte sein sollen, und sich keinen Respekt verschaffen konnte. Er zeigte sie dann einfach mit Namennennung beim Herrn Lehrer an. Eine korrekte Strafbemessung und der Vollzug sorgten für besseres Verhalten.

Ich kann mich nicht erinnern, daß sich ein Elternteil je über die Strafmaßnahmen des Lehrers beklagt hätte. Vermutlich haben sie die Ordnungs- und Benehmenserziehung vertrauensvoll auf den Herrn Lehrer übertragen, und im übrigen glaube ich aus Erfahrung auch, daß jeder über die verdiente »Abreibung« lieber schwieg. Die Strafen haben kein Ende genommen; wen wundert es da, wenn der Rohrstocketat ständig ausgeschöpft war.

Unser Schulweg führte fast jeden von uns »vom Ausbau« über verschiedene Wege durch den Wald. Der Rückweg erfolgte aber in der Gruppe, und das war ein Nachteil, weil da der meiste Unsinn erdacht wurde und Strafen einfach die Folge waren. Da ist doch einer von uns, es war ein ständiger Steinewerfer, auf die Idee gekommen, auf die Porzellanglocken an den Telefonmasten mit Steinen zu schießen. An jedem Mast waren nur zwei dieser Glocken, an denen die Drähte befestigt waren. Telefon hatten nur der Bürgermeister und der Herr Lehrer. Ohne darüber nachzudenken, wollte nun ein jeder von uns die meisten abräumen, und nach wenigen Tagen konnte man entlang unseres Schulweges keine Porzellanglocke an den Masten sehen. Eines Tages aber, wie hätte es auch anders sein können, Gewitterstimmung morgens in der Schule. Der Herr Lehrer zeigte uns eine Zeitung, und alle »vom Ausbau« mußten sie sich genau ansehen, weil er wissen wollte, »wer erkennt wen« auf dem in der Zeitung veröffentlichten Bild. Wir waren da in verschiedenen Stellungen gut gezeichnet dargestellt. Diese Zeichnung muß er angefertigt und der Zeitung geschickt haben. Außer ihm hat nur der Bürgermeister die Zeitung erhalten. Eine unglaubliche Angst machte sich unter uns breit, haben wir uns doch alle schon im Gefängnis gesehen. Aber diese Angst hat uns wahrscheinlich den Schmerz der Prügelstrafe leichter ertragen lassen. Das war übrigens auch meine schändlichste Verfehlung und spürbare Strafe, und so etwas vergißt man nicht. In der Folge waren wir alle so zahm, daß wir in gebückter Haltung unter den Masten nach Hause eilten. Die Atmosphäre in der Schule reinigte sich nach und nach und der Druck, der auf uns lastete, verging langsam – neuer Unsinn wurde erdacht. Der Weg durch den Wald zeigte sich im Frühsommer von einer willkommenen Seite. Unsere Kiefernwälder hatten einen dichten Unterbau aus Wacholdern, die teilweise eine beachtliche Höhe hatten, und wenn sie blühten, hat es uns einfach nicht zurückgehalten, wilde Hetzjagden zu veranstalten. Mit Knüppeln und unseren Schulutensilien stürmten wir auf die Wacholderbüsche, die Blütenstaubwolken verhüllten die Umgebung und stiegen wie Wolken nach oben. Wir haben ausgesehen, daß wir uns nicht mehr wiedererkannt haben. Die Kleidung haben wir gegenseitig mit Strauchruten abgeklopft und das Gesicht mit Wasser abgewaschen. Die dichten Blaubeersträucher unter den Wacholdern haben wohl nicht gelitten, denn wir haben, wenn sie reif waren, auf dem Heimweg stets ordentlich davon gegessen.

Ich möchte nicht unerwähnt lassen, daß wir in den Sommermonaten im allgemeinen nur mit einer kurzen Hose und einem kurzärmligen Hemd, ohne Schuhe, bekleidet waren. Schuhe waren teuer und mußten für den Winter aufgehoben werden; so ging es vielen von uns. Aber nicht nur die Kleidung, sondern auch die Erscheinung spiegelte das Elternhaus wider. Nicht immer war materielle Not dafür verantwortlich – und man mag es glauben oder nicht, in solchen Häusern bei Freunden haben wir uns am wohlsten gefühlt. Keiner von uns hat an dem fehlenden Ordnungssinn Anstoß genommen. Das Unterschiedsempfinden stellte sich erst später ein, als eine zeitweise Trennung zwischen uns, bedingt durch weiterführende Schule oder Berufsausbildung, eingetreten war.

Bis dahin aber war in unserem Leben die Zeit stets zu knapp, und es spielte keine Rolle, ob es nun Sommer oder Winter war. Nicht alle von uns waren begünstigt, nach den Schulaufgaben die Freiheit zu genießen. Die meisten mußten danach ordentlich an die Arbeit auf dem Hof oder auf dem Feld. Wenn in Masuren damals die Getreideernte losging, hörte man frühmorgens, vor Sonnenaufgang, auf den Bauernhöfen das Senseklopfen. Das Korn, hauptsächlich Roggen, Gerste und Hafer, wurde mit der Handsense gemäht. Hinter dem Mäher folgte eine Frau, die das Getreide zusammenraffte und zu Garben band. Hier war immer Gemeinschaft gefragt, und so hat man abwechselnd bei dem einen und dem anderen Bauern das Getreide gemäht und zur Abfuhr in Hocken zusammengestellt. Vielleicht kann man sich vorstellen, welch kräftezehrende Arbeit das gewesen ist.

Waren die Getreidegarben abgefahren und das Stoppelfeld frei, bot sich uns wieder eine Sportart an. Es war das »Stoppelrennen«, wozu mögliche Schuhe oder Pantoffeln vor dem Beginn des Rennes auszuziehen waren. Das war die Regel, an die sich jeder halten mußte. Dieser Sport wurde bis zum Exzeß betrieben, es mußte Blut fließen, erst dann konnte der Betreffende aufhören. Wenn das Roggenstoppelfeld nicht zu diesem Erfolg führte, suchten wir Stellen auf den Feldern aus, die mit Distelstoppeln durchsetzt waren. Hier wurden die Erfolge schnell sichtbar und spürbar. Ja, wir waren hart im Nehmen, und jeder wollte der Beste sein.

Die Sommerzeit, Erntezeit, war übrigens jene, die sich zum Aalfang anbot. In dieser Zeit hat es häufig starke Gewitter gegeben und der Aal ging ins Netz. Und wer wollte es den armen Kerlen übelnehmen, wenn sie nach schwerer Arbeit die Nacht als Erholung, mit Korn und Pfeife rauchend, empfunden haben. Sie haben ja im übrigen auch damit zum Lebensunterhalt beigetragen.

War das Getreide restlos von den Feldern in die Scheunen gefahren, ging das Dreschen los. Da hat es die ersten Dreschmaschinen gegeben. Sie waren nur so groß, daß sie auf den sogenannten Tennen in den kleinen Scheunen aufgestellt wurden, aber sie haben immerhin den Dreschflegel allgemein abgelöst. Der Antrieb dieser Dreschmaschine war das Pferd. Durch Eisenstangen und Eisengelenke wurde, wie am Anfang erwähnt, die Maschine mit dem draußen stationierten Göpel, auch Roßwerk genannt, verbunden und dieses Roßwerk von zwei Pferden im Kreis gezogen. Befreit wurde damit nur das Korn aus den Ähren, also in der gleichen Art, wie man es auch mit dem Dreschflegel gemacht hat. Die Staubentwicklung kann man sich vorstellen! Der Staub wurde einfach geschluckt und in Pausen mit einem Kornschnaps heruntergespült. Die anschließende Reinigung des Korns, also die Befreiung von Hacheln und Ährenresten, wurde mit einer handbetriebenen Maschine gemacht, wodurch wieder Staub und Dreck nicht zu vermeiden waren. Krankheiten, die durch Staub und Dreck hätten auftreten können, hat man niemals wahrgenommen. Erst Ende der dreißiger Jahre kam plötzlich ein sogenannter Deuzmotor auf, der die Maschinen betrieben hat und das Pferd ablöste. Weil aber dieser auf einem Holzschlitten ruhende Motor in der Anschaffung teuer war, haben sich Gemeinschaften gebildet – und derjenige, der das Ding beherrschte, war dann der Motorenführer.

Wenn sich der Sommer dem Herbst zuneigte, war keine Zeit zu versäumen. Man mußte bei Herbstanfang auch mit gelegentlichen Nachtfrösten rechnen. Die Kartoffelernte duldete also keinen Aufschub, die Hackfruchternte folgte. Der Herbst war in Masuren recht kurz, und so war wieder Eile geboten.

Zu dieser Zeit war das Kartoffelernten schon ein wenig technisiert. Es gab den Kartoffelroder, der von zwei Pferden gezogen wurde, um ihn in Funktion zu setzen. Damit war die Kartoffelhacke abgelöst, mit der bis dahin die Kartoffeln gerodet wurden. In dieser Zeit waren meistens auch Herbstferien, und damit bot sich die Gelegenheit, bei dieser Ernte mitzuwirken. Wir haben uns beim Sammeln der Kartoffeln beteiligt, die der Roder in einer Breite bis 1,5 Meter ausstreute. Die Befreiung der Kartoffeln von Sandresten begann schon in der Weise, daß die Früchte in großmaschige Drahtkörbe eingesammelt und in einen Kastenwagen geschüttet wurden. Natürlich wurde der Unsinn auch dabei nicht unterdrückt. Man hat sich so bestimmte Sammler aufs Korn genommen, die nichtsahnend zur Zielscheibe wurden. Die Treffer lösten heimliche Freude aus und das Lachen konnte nicht immer unterdrückt werden, was schließlich dazu führte, daß wir des Ackers verwiesen wurden. Beim Greifen nach einer passenden Kartoffel gesellte sich auch schon mal ein Stein dazu, und da endete meistens der Spaß. Unter Hinweis auf das erwähnte Moränegebiet wurden die Kartoffeln in den sandigen Böden gepflanzt – und besonders in höheren Lagen waren vielfach Steine von Kartoffeln nicht immer zu unterscheiden. Von Verfehlungen solcher Art, wenn sie von uns übertrieben wurden, hat unser Lehrer stets Kenntnis bekommen, und wir mußten damit rechnen, dann zur Rechenschaft gezogen zu werden. Ich erwähnte ja, daß der Lehrer ganz entscheidend in unserem Dorf für solche Fälle zuständig war.

Besonders im Herbst bot uns die Natur ein grenzenloses Austoben in den Weiten der Felder und Wiesen sowie am Fluß und am See. Und weil uns die Natur auch einen abwechslungsreichen Gabentisch aus Früchten aller Art bereithielt, dauerten unser »Ausflüge« bis zum Einbruch der Dunkelheit. In der Mittagszeit aber machten wir uns stets ein Kartoffelfeuer auf

Kartoffelfeldern und verzehrten neben Kartoffeln auch Gurken, Möhren, Äpfel und Birnen. Wenn sich der Hunger ankündigte, holte man sich vom Feld Gurken, aber auch Kohlrüben, man nannte sie bei uns Wruken. Da hat es eine gelbfleischige Sorte gegeben, die nicht hart war und sehr süß schmeckte. Wir wußten, wo diese Früchte zu finden waren, ganz zum Ärger des Bauern. Aber er wußte ja nicht, wer es von uns gewesen ist, und so mußte er sich damit abfinden – und wir brauchten keine Bestrafung zu fürchten.

Ich erwähnte schon, daß es keinen unter uns gegeben hat, der ohne Taschenmesser war. Waren diese Hilfsmittel auch noch so alt und ausgeleiert, wichtig war, daß sie scharf waren. In dieser Zeit galten unsere Streifzüge neben den Feldern mit Früchten besonders den Wiesen und dem Wasser. Wieder wurden Weidenruten zum Flechten der bereits genannten Knallpeitschen geschnitten und die Jagd auf das Niederwild in den Wiesenrainen durchgeführt. Eine besondere Kunst, die nur wenige konnten, war, liegend, auf dem Bauch, vom Wiesenrand her, aus den darunter befindlichen Moorlöchern die Kaulquappen herauszufangen. Sie waren meistens groß, und weil sie der starkschleimigen Haut wegen nicht gehalten werden konnten, warf man sie im hohen Bogen auf die Wiese. Nach der Bewunderung dieser Kunst und Furchtlosigkeit vor den Kaulquappen, haben wir die Tiere wieder in das Wasser geworfen. Schließlich ging es uns ja darum, die Furchtlosigkeit, mit der sich einige rühmten, wahrzunehmen und die Größe der Kaulquappen zu sehen. Mit schnell selbstgebauten Keschern und Angeln, ohne Ruten, die man aus der Hosentasche zog, wurde natürlich auch gefischt. Wir kannten die guten Fangstellen. Unsere Versuche, ansehnliche Fische im oder über dem Feuer zu garen, waren nie erfolgreich, vermutlich fehlte uns der Sinn für so etwas. Die Torfschlachten sollten aber auch noch Erwähnung finden. Zu dieser Zeit wurde der getrocknete Torf an feste Stellen zum

Abfahren geschleppt, und die so zur Abfuhr bereitliegenden Brocken in Ziegelsteingröße eigneten sich sehr gut zum Bewerfen. Vorher wurde natürlich ausgekundschaftet, ob Bauern in der Nähe waren. An riskanten Stellen standen Späher von uns bereit, die mögliche Gefahren rechtzeitig meldeten. Ging es uns doch darum, für solche Missetaten später nicht bestraft zu werden.

Der Drang, die Freiheit, wie sie sich uns bot, grenzenlos auszuschöpfen, steckte in jedem von uns – und ein jeder hatte Ideen, etwas zu erproben. Alles spielte sich aber den Jahreszeiten angepaßt ab. Fitneßstudios, motorisierte Fortbewegungsmittel etc. kannten wir nicht. Ebensowenig brauchten wir einen Arzt. Ernsthafte Notfälle natürlich ausgeschlossen. Für Gelenkverrenkungen, Prellungen und ähnliche Defekte war eine alte Frau im Dorf zuständig, die durch gekonnte Einrenkungen und Hausmittel heilte. Ihr Können war über die Ortsgrenzen hinaus bekannt. Auch ich habe ihre »Wissenschaft« einmal annehmen müssen. Ich hatte mir das Fußgelenk verrenkt, es war schmerzhaft und angeschwollen. Das Einrenkgerät war eine alte Weinflasche, auf der ich den Fuß hin- und herrollen mußte. Vor dieser »Rollkur« hat sie den Knöchel behutsam mit einem Fett massiert, das Kräuter beinhaltet hat, die gleiche Massage bekam ich auch nach der »Rollkur« und spürte in der Folge schon Besserung, aber das mußte noch einmal wiederholt werden. Auch bei starkem Husten und Erkältungen hatte sie wirkungsvolle »Mittelchen«. Ob und wie sie dafür entlohnt wurde, kann ich nicht sagen. Sie war auf alle Fälle wichtig, weil ein Arzt oder das Krankenhaus 15 Kilometer entfernt und die Beförderungsmittel nur Pferd und Wagen waren. Die alte Auguste, so wurde sie genannt, genoß auch bei uns jeden Respekt, hat sie doch fast jeden von uns gekannt und schon mal kuriert. Auguste war Witwe, ihren Hof hatte sie dem Sohn schon zu Lebzeiten »vererbt«. Man konnte sie aber oft auf ihrer Bank am Haus sitzen sehen. Zu ihr gesellte sich oft ein alter Mann, und sie hatten stets Gesprächsstoff. Einmal habe ich dort etwas abholen müssen und hörte zu, wie sie sich unterhalten haben. Da fragte Auguste den Adam – so hieß der alte Mann: »Na, wie war denn die Beerdigung und die Beköstigung?« Der Adam hielt eine Weile ein und antwortete: »Na ja, das Essen und Trinken ging ja, aber die Netigung hat zu wünschen übriggelassen.« – »Netigung«, damit hat er Nötigung gemeint, er war ein stolzer, selbstbewußter Mann, der sich stets der eigentlich bei uns aller Orten gesprochenen masurischen Sprache zu entledigen versucht hat, aber das hat er nie so richtig hinbekommen. Die Nötigung übrigens war bei uns in vielen Haushalten noch wahrzunehmen, sie muß ein Relikt aus der Prußenzeit gewesen sein. Eine Aufdringlichkeit, die zum Essen anfeuerte. Das war bei Festessen besonders üblich. Bei den Prußen soll dieses Verhalten zum Anstand eines jeden gehört haben – und sie freuten sich wie die Kinder, wenn der Gast ordentlich zulangte. Sie selbst sollen übrigens gute Esser und tüchtige Zecher gewesen sein. Das »Feuerwasser« stellten sie aus Naturprodukten her, es sollen nicht nur Rausch-, sondern schon Betäubungsmittel gewesen sein. Ein besonderes und nur hohen Gästen vorbehaltenes Getränk soll der Bärenfang gewesen sein, den sie als erste erfanden, sie nannten ihn Meschkines. Wer diesen Bärenfang einmal probiert hat, weiß, wie verlockend er schmeckt und verlangt nach einem weiteren Gläschen. Ratsam ist jedoch, Maß zu halten, weil seine Wirkung unberechenbar ist. Robert Budzinski, der Ostpreußen und Masuren besonders zu Beginn der zwanziger Jahre durchwanderte, stellte fest, daß es sich bei dem Bärenfang um eine Art Betäubungsmittel gehandelt hat. Dieses »Betäubungsmittel« war in jedem Haus bei uns in Masuren zu finden. Wer sich mit der Geschichte der Prußen, die im Zusammenhang mit dem Deutschen Ritterorden steht, beschäftigt hat, und die

Lebensart der Masuren kennt, wird oft auf Verhaltensweisen stoßen, die Relikte der Prußen sein können.

Wir gehen nun dem nahenden Winter in Masuren entgegen, der von den Menschen seinen Tribut forderte, aber uns, der Jugend, eine neue Erlebniswelt öffnete. Den Menschen wird Unrecht getan, wenn man erzählt, daß sie in den Wintermonaten um ihre Kachelöfen auf Bänken herumgelegen haben. Sie mußten auch in dieser Zeit zulangen, und zwar oftmals härter als im Sommer. Ich erwähnte, daß sie fast alle nur kleine landwirtschaftliche Schollen hatten, deren Erträge nicht so groß waren, daß dadurch ausreichende Winterrücklagen geschaffen werden konnten. Auch in der Winterzeit mußte man sich nach Zubrot umsehen. Es war das masurische Kernland. Im übrigen Ostpreußen war das nicht die Regel. »Land der dunklen Wälder«, ja diese Wälder waren es auch, man kann sagen Quellen, die zum Lebenserhalt beigetragen haben. Die Holzeinschläge begannen im Oktober/November. Auf den Flächenerhebungen waren teils dichte und alte Kiefernbestände. Laubhölzer, wie Birke, Erle und Weide, waren nur in seichten Gebieten und Wiesengebieten angesiedelt. Eichen wiederum standen auf sandigen Anhöhen. Ein unerschöpflicher Bedarf an Kiefernschnittholz hat bestanden, und eine Vielzahl gut ausgestatteter Sägewerke, zu damaliger Zeit technisch fortgeschritten, waren am Rande der Städte angesiedelt. Die Standorte waren in allen Fällen so gewählt, daß sie Bahngleisanschluß hatten. Mit dem ausgezeichnet guten Kiefernschnittholz wurde so ziemlich ganz Deutschland versorgt. Ein begehrenswerter Bedarf war bei den Holzbearbeitungsbetrieben, Möbelfabriken und Tischlereien im ganzen Land. Später wurde dieses Kiefernholz als Bohlen und Bretter auch in der Rüstungsindustrie, im Schiffs- und Flugzeugbau, der besonderen Qualität wegen, eingesetzt. In Sägewerken wurden Schausortierungen in Gegenwart von Wissenschaftlern, in Wehrmachtsuniform ge-

kleidet, durchgeführt. Selbst die zum Abfall sortierten Seiten-
schwarten wurden zu kurzen Stücken geschnitten, in großen
Blöcken versetzt verleimt und in Platten geschnitten, die in
der Möbelindustrie verwendet wurden. Die Holzeinschläge
waren reine Handarbeit, die nicht unwesentlich durch Frost
und hohen Schnee zusätzlich erschwert wurde. Von mechani-
siertem Ablauf war keine Spur. Axt, Schrotsäge, Bügelsäge und
Eisenkeile waren die einzigen Gerätschaften, deren Funktion
die menschliche Kraft zu besorgen hatte. Die Waldarbeiter, im
Sommer Landwirte, mit Erfahrung in der Waldarbeit, kamen
aus der näheren Umgebung; sie waren bei Tagesanbruch im
Wald, räumten an einer windgeschützten Stelle den Schnee fort
und machten da ein Holzfeuer, um das herum sie Kaffeefla-
schen und Kochgeschirre mit ihrem Essen stellten. Auch um
die zu fällenden Bäume mußte der Schnee abgeräumt werden,
damit der Stamm möglichst tief am Wurzelansatz geschnitten
werden konnte. Es waren in der Regel etwa achtzigjährige Kiefernbestände, die teilweise durchforstet oder total abgetrieben
wurden und von Unterholz, wie Wacholder, nicht frei waren.
Die Stämme wurden zum Zopfende auf acht bis zehn Meter
Länge abgeschnitten, das Zopfende gleich zu Brennholz in
einen Meter lange Stücke aufgearbeitet und in Stößen, sogenannten Klaftern, aufgesetzt. Das Fällen der Bäume, mittels
der erwähnten Schrotsäge, die eine grobe, scharfe Zahnung
hatte und etwa 1,5 Meter lang war, wurde von zwei Mann
bedient. Der Stamm am Wurzelansatz hatte immer einen be-
achtlichen Durchmesser. Genau in der Mitte hat der Stamm
einen Schälring bekommen, damit die Festmasse des Holzes
ohne Borke und Rinde gemessen werden konnte. War das Holz
von den Waldarbeitern vermessen, numeriert und in Holzli-
sten erfaßt, folgte die bekannte Holzauktion, und das Holz
wurde an Sägewerke verkauft. Man muß sich nun vorstellen, in
den verschneiten Wäldern und auf den Waldwegen mußte das

schwere Holz bewegt werden. Zunächst wurden die mächtigen Holzstämme von einem erfahrenen Holzrücker und seinen Pferden an befestigte Waldwege geschleift, um eine Abfuhr möglich zu machen. Erst dann konnte mit der Abfuhr des Holzes zu den Sägewerken begonnen werden. Um die Abfuhr bzw. den Transport des Holzes mußten sich die Bauern bei den Sägewerken bewerben. Diese Arbeiten waren nun wieder eine Knochenarbeit für Mensch und Tier, erforderten stabiles Gerät und sehr viel Geschicklichkeit, die aus der Erfahrung bezogen wurde. Die Gerätschaften waren alle eigener Bauweise, ob es nun die beiden Schlitten betraf oder das Hebegerät. All das, was die Transportarbeiten betraf, wurde zu sich ergebenden Freizeiten und auch an Sonntagen im Laufe des Herbstes in Ordnung gebracht.

Ein Stellmacher – auch Wagner genannt – sowie ein Schmied waren in jedem unserer Dörfer anwesend. Der Stellmacher hat nicht nur Wagenräder gebaut, sondern ganze Wagen – Acker- und Kutschwagen –, auch die erwähnten klobigen, schweren Holztransportschlitten. Vor dem Einsatz dieser Gerätschaften mußte der Schmied durch sachgemäßen Eisenbeschlag die Fertigstellung besorgen, er arbeitete mit dem Stellmacher Hand in Hand und hatte nicht nur für den Hufbeschlag der vielen Pferde zu sorgen. Die Werkzeuge, ob nun beim Stellmacher oder beim Schmied, waren der Zeit entsprechend. Elektrischen Strom hat es bei uns, wie erwähnt, nicht gegeben, somit auch keine Geräte, die man hätte elektrisch betreiben können. Handarbeit und die passenden Werkzeuge waren der Grundsatz. Die nun beginnende Holzabfuhr erforderte Kräfte bei Mensch und Tier und natürlich auch Technik. Die Holzstämme in einer durchschnittlichen Länge von acht bis zwölf Metern und einem Mittendurchmesser von durchschnittlich vierzig bis fünfzig Zentimetern wurden mit Hilfe einer »Lade« – so nannte man das Gerät – auf Vorder- und Hinterschlitten geladen. Auch diese »Lade« mußte der Stellmacher anfertigen; sie war ein massives Holzgerät aus ausgesuchtem Holz, bestand aus zwei Holzbohlen, die an beiden Enden mit einem Zwischenstück verleimt und verschraubt waren. Das Wichtigste waren aber die ganz exakt übersetzten Bohrlöcher und die dazugehörigen Stahldorne mit dem Hebehaken. Das Gewicht so eines frischen Kiefernstammes war beachtlich, er mußte auf den Vorderschlitten und den Hinterschlitten gehebelt werden. Es würde zu weit führen, würde ich versuchen, die Technik der Schlitten zu erklären. Aber man kann sich denken, daß das viel Raffinesse bei der Konstruktion erfordert hat. Der Vorderschlitten und der Hinterschlitten waren stark belastet und dennoch konnten sie beide gesteuert werden. Nicht nur Waldwege, auch die Straßen waren nicht gerade breit und die Kreuzungen kurz und rechtwinklig. Dennoch wurden diese langen Stämme auf den beiden Schlitten um jede Kurve schadlos gelenkt. Selbst auf Straßen in der Stadt mußte der Transport sicher durchgebracht werden. Gegenseitige Hilfe beim Laden und Zusammenstellen des Transportzuges – meistens bestehend aus acht bis zehn Einzelgespannen – war eine Selbstverständlichkeit. Die Spitze der Kolonne übernahm grundsätzlich das Fuhrwerk mit den stärksten Pferden. Die Wege zum Ziel waren überwiegend *nicht* gerade, breite Kiesstraßen; sie waren vorher nicht befahren, denn auch Autos waren zu dieser Zeit noch eine Seltenheit; Schneeverwehungen auf diesen Wegen gehörten zu unserem masurischen Winter. Die Gespanne mußten da aber durch, und das erste Gefährt bahnte so den nachfolgenden Gefährten den Weg. Die Temperaturen bewegten sich von Mitte November bis Mitte Februar durchschnittlich um minus 25° C, die Schneelagen bis zu einem Meter. Der Tag endete nach Heimkehr, bei Einbruch der Dunkelheit; er hat bei Tagesanbruch begonnen. Der Erlös für diese Schinderei betrug etwa 15 bis 20 Reichsmark. Und nach Ankunft zu Hause mußten zuerst die Pferde mit gutem Futter und Wasser versorgt werden, waren sie doch das beste Kapital für jeden Bauern. Erst nach der getanen Arbeit konnten die Menschen an das eigene Essen denken. Die Versorgung der Tiere in den dunklen Stallungen wurde mit Hilfe der Petroleumlampe (Stallaterne) besorgt. Ich erwähnte, daß es kein elektrisches Licht bei uns gegeben hat. Dennoch kann ich mich nicht erinnern, daß Brände bei uns dadurch verursacht wurden. Im übrigen kann ich mir nicht vorstellen, daß die Bauern gute Feuerversicherungen abgeschlossen hatten, weil das Geld gekostet hat – und gerade das war Mangelware.

Trotz der täglichen Mühe dieser Menschen haben sie sich zeitweise bei dem einen oder dem anderen nach der Arbeit und dem Essen am Kachelofen getroffen und ihre Erlebnisse ausgetauscht. Ein solcher Plausch war die Gelegenheit, Kartoffeln in der Glut des Ofenfeuers zu backen, dazu einen Hering oder das im Keller in einem großen Holzfaß eingestampfte Sauerkraut zu verzehren. Was natürlich dazugehörte, war der Korn oder der Bärenfang.

Ja, und da muß noch erwähnt werden, daß die verhältnismäßig langen und harten Winter es zur Pflicht gemacht haben, daß jeder Haushalt für diese Zeit Vorräte anzulegen hatte. Nahrungsmittel in den Kellern, Holz und Torf in der Scheune, ebenso die Futtervorräte für Pferde und Kühe. Ich kann da nur von den Erkenntnissen sprechen, die ich in den Häusern meiner Großeltern zu diesen Zeiten gewonnen habe. Einer der Kellerräume war stets für solche Bevorratungen eingerichtet. Neben dem großen Holzfaß mit eingestampftem Sauerkraut standen große Steintöpfe, die ein Fassungsvermögen von etwa sechzig Litern hatten, darin waren Bienenhonig, eingelegter Bratfisch, Gurken verschiedener Art, wie Dillgurken, Kürbis und andere Köstlichkeiten. Der eingelegte Fisch war eine besondere Delikatesse. Es war eine Art sehr großer Weißfisch, der gelbliche Schuppen hatte und im Durchschnitt etwa um fünf bis sechs Kilogramm wog. Er konnte nur um eine bestimmte Zeit im Frühsommer, bei einer bestimmten Witterung, im Schleppnetz gefangen werden. Er wurde mit einer Art Striegel geschuppt, ausgenommen, in Stücke geteilt und gebraten, war zart und sehr fett. Auf dem Dachboden, unter weißen Tüchern, waren Schinken, Speck und Wurst bevorratet. Für Frischfleisch sorgte mein Großvater durch Abschuß von Wildschweinen oder Hirschen.

Diese Wintermonate waren für uns, die Jugend, wieder das Zeichen zum Aufbruch in eine neue Erlebniswelt. Wintersport der besonderen Art, kann man aus heutiger Sicht sagen. Mit Ausnahme der Schlittschuhe wurden alle erforderlichen Wintersportgeräte selbst hergestellt. Es galt nun, zwei Sportfelder zu bedienen. Eines davon war der See, und das andere die Schneefelder mit leichten Hügeln. Wenn unsere täglichen Kontrollen ergaben, daß der See vom Ufer her auf dem Eis begehbar war, schleppten wir Pfähle auf das Eis, schlugen Löcher in großen Abständen und ließen sie stark einfrieren; das waren die Achsen für die späteren Eisschleudern, man kann sie auch Eiskarussell nennen. Der Kopf dieses Pfostens wurde mit Draht umwickelt, damit er beim Eintreiben eines Eisendornes nicht platzen konnte. Nun konnte abgewartet werden, bis das Eis in jeder Hinsicht tragfähig war. Wir besorgten inzwischen Stangen aus dem Wald, schnitten sie in passende Längen und bohrten an einem Ende ein Loch, damit jede Stange über den Achsdorn auf den Pfosten gelegt werden konnte. Für die sportliche Nutzung der weiten Schneeflächen mußten nun auch die Sportgeräte her, weil die des letzten Winters ziemlich verbraucht waren. Der Schlitten, auch Rodelschlitten genannt, weil er einem solchen ähnlich war. Man brauchte dafür nur Bretter und Nägel, die Größe dieses Gerätes bestimmte der Besitzer und Hersteller selbst. Ebenso haben sich waghalsige

Wintersportler von uns auch Skier unter die Füße geschnallt, hat man solche ja schon mal gesehen. Die gebogenen Spitzen waren kein Problem, nur das Befestigen dieser Dinger an den Füßen machte Sorge, aber schließlich konnte auch das einfach gelöst werden. Man suchte nach alten Holzfässern, die man auf Bauernhöfen finden konnte, wrackte sie ab und nahm sich die guten Dauben mit, nagelte auf zwei Drittel der Länge ein Stück Aalhaut fest und schon konnte es losgehen. Die meisten Bein- und Fußverrenkungen holten wir uns im Winter bei unserem Sport. Die alte Auguste hatte dann viel Arbeit, uns wieder richtig auf die Beine zu bekommen. Unten sind skizzenartig so ein »Rennschlitten« und »Skier« dargestellt. Das war alles kein Problem!

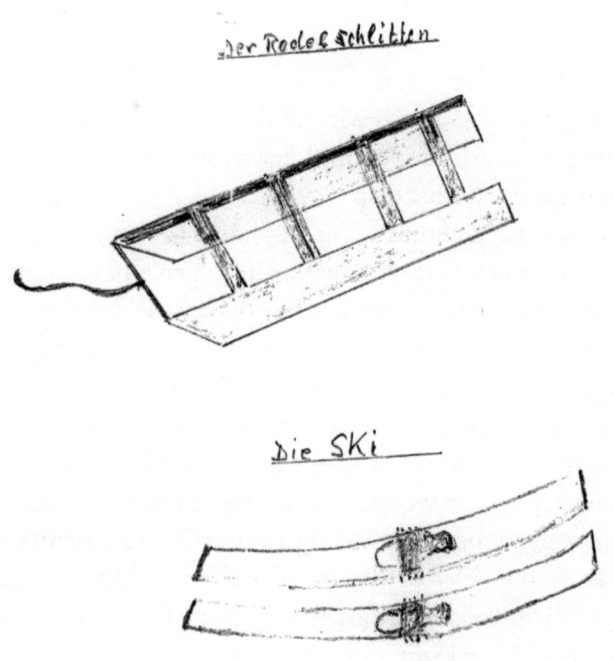

der Rodel Schlitten

Die SKi

Eine Zweckmäßigkeit in zweifacher Hinsicht boten uns unsere Winterschuhe, in dieser Zeit ein sehr begehrter Artikel, den nicht jeder von uns haben konnte, weil man mit der Fertigung nicht nachkam und weil die Oberteile zur Mangelware wurden, obwohl man die zerschlissenen Schuhe in den Sommermonaten sammelte. Da hat es so einige pfiffige Leute bei uns gegeben, die sich auf die Fertigung dieser »Rennflug-Schuhe« spezialisiert haben; sie haben, den Größen entsprechend, passende dicke Holzsohlen gebaut – meistens aus Pappelholz –, und nagelten sie mit »Blaustiften« an die erhaltenen Schuhoberteile. Es waren die reinsten Flitzer, kein Rodelschlitten konnte sich damit messen. Voraussetzung war natürlich, man hatte den geübten Halt darauf.

Neben den weit verschneiten Feldern und Waldwegen, die bei unserem Sport die Kräfte zehrten, haben wir aber einen geeigneten Platz im Dorf gehabt. Es war ein Hügel mit Sprungschanzenmulde, aber leider gegenüber einem Wohnhaus, und die Bewohner waren in dieser Zeit auf alles, was wir uns da geleistet haben, eingestellt, und hier hatte auch unser Lehrer seine Ordnungsgrundsätze walten lassen. Wußte er doch, daß wir diese »Sportveranstaltungen« vorsorglich nur an späten Abenden begonnen haben und der gegenüberliegende Holzzaun des Bauern die Auffangstelle für unsere Fahrtgeschwindigkeit war. Er schlich an solchen Abenden mit dem Stock im Mantelärmel die Dorfstraße entlang, hatte unsere Sprungschanze im Sinn und verprügelte jeden, der am Zaun landete. Jene, die er erkannte, aber nicht greifen konnte, haben ihre Strafe am folgenden Tag in der Schule erhalten.

Ein grenzenloses Vergnügen konnten wir in der Zeit unserer Weihnachtsferien wahrnehmen. In dieser Zeit zeigte der Winter in Masuren seine Stärke. Die Temperaturen überstiegen die 25° C-Frostmarke. Man konnte zeitweise in den Nächten ein hallendes Knallen hören, das vom See her kam. Es waren Spannungen in der sich aufbauenden Eisfläche, und an manchen Stellen waren Risse in der Eisdecke zu sehen, die aber keine Gefahr bedeuteten und auch bald zugefroren sind. Unsere Karussellachsen, die wir vorbereitet hatten, waren bewegungslos eingefroren. Die vorgefertigten Stangen konnten nun aufgelegt werden – und diese Art Sport konnte beginnen. Damit alle an diesem Eiskarussellsport teilhaben konnten, haben wir in Abständen drei bis vier dieser Stationen gebaut. Solche mit langen Stangen waren eigentlich mehr »Schleudergeräte« und wurden nur von Furchtlosen mit ihren Schlitten benutzt. Damit man die Stange kräftig drücken konnte, haben wir um den Pfahl herum Asche gestreut, und wenn die richtige Umdrehung erreicht war, schnitt der »Furchtlose« den Befestigungstrick an der Stange ab. Nicht jeder hatte das Glück, die Richtung auf den freien See zu bekommen, manche landeten in Schilfregionen, und dort, wo sie einfuhren, haben sie Schneisen hinterlassen. Die Geschwindigkeit der Schlitten hatte die Wirkung von Sensen. Aber die Richtung, in die sie geschleudert wurden, haben sie gar nicht wahrnehmen können, weil sie sich mit dem Schlitten drehten. Die Lebensdauer der Eigenbauschlitten war bei dieser Beanspruchung bemessen, sie mußten laufend repariert werden. Unser See hatte schon eine beachtliche Größe, im Durchschnitt etwa 2,5 qkm, und das Eis war spiegelblank, ohne Schuhunterbau konnte sich keiner halten. Wer natürlich über Schlittschuhe verfügte, hat sein Vergnügen darauf gehabt – nur waren das nicht alle von uns, und im übrigen waren es auch nicht neue, sondern in den meisten Fälle alte Schlittschuhe mit unterschiedlichen Befestigungen, solche, die man an die Sohlen schraubte, und andere, die man mit Aalschnüren an die Schuhe gebunden hat. Aber jeder sorgte rechtzeitig dafür, daß diese alten Dinger einen guten Schliff bekommen haben, und es gab da in der Stadt eine Stelle, die auf Wunsch die Schlittschuhe mit Hohlschliff oder einem scharfen Flachschliff ausgestattet haben. Auch wir wußten damals schon, welcher Schliff für welchen Zweck der richtige war.

In dieser Zeit hat es kaum einen von uns gegeben, der nicht über Muskelkater geklagt hat. Wir haben kilometerweite Entfernungen zurückgelegt; die Tage waren einfach zu kurz, und die Nächte waren hinderlich, weil sie uns die Zeit verkürzt haben. Es hat keinen Tag gegeben, an dem wir den See bei Einbruch der Dunkelheit verlassen haben.

Eine interessante Sache hatte sich da bei uns eingebürgert. Bei unseren Schlittschuhläufen kamen wir an Stellen vorbei, an denen wir unter dem klaren Eis Fische verschiedener Art und Größe sehen konnten. Es waren Seeränder, die nach Süden und Westen gerichtet waren, wo die Fische offensichtlich das Licht genossen. Sie standen unter dem Eis bewegungslos, wir konnten uns den besten von ihnen aussuchen. Dazu bauten wir uns am Seerand große Holzhämmer und fuhren die Eisränder von der Schattenseite leise an. Mit einem starken Schlag auf das Eis, genau über dem Fisch, zeigte das Eis an dieser Stelle eine murmelartige Färbung und der Fisch lag regungslos mit der Bauchseite nach oben. Er war betäubt und mußte nun aus dem Wasser geholt werden. Es bedurfte vieler Schläge, bis ein Loch geschlagen wurde und der Druck des Wassers den Fisch dann an die Oberfläche drückte. So haben wir auf unsere Weise Eisfischerei betrieben. Aber die eigentliche, die gewerbliche Eisfischerei war ganz anders und wurde nicht nur auf unserem See, sondern auf vielen anderen Seen bei uns in Ostpreußen in der gleichen Weise betrieben. Sie setzte stets Mitte Januar ein, man wußte, daß zu dieser Zeit keine Einbruchgefahr auf dem See drohte, denn man mußte zur Abfuhr der gefangenen Fische Fahrzeuge auf dem See einsetzen. Das war für uns wieder ein neues Erlebnisfeld, das von den Vorbereitungen bis zu dem Fangergebnis reichte, und wir haben diese Technik so genau aufgenommen, daß sie nicht in Vergessenheit geraten kann. Zu dieser Zeit und auf diese Weise wurde der Zander bei uns gefangen, wozu sich gelegentlich auch Hecht und Barsch gesellten. Die Technik dieser Fischerei war einfach, aber erfolgreich – und ich kann mir vorstellen, daß man unter solchen Bedingungen auch gar nicht anders fischen konnte.

Diese Art Fischfang war nichts anderes als das Fischen mit einem Schleppnetz. Aber das Schleppnetz, in seiner Größe, mußte unter der dicken Eisdecke geschleppt werden. Die Technik war einfach, aber mit viel Vorbereitungsarbeit verbunden. Es mußten Löcher in das dicke Eis geschlagen werden. Die Eisdecke war zu dieser Zeit etwa 30 cm dick, die Temperatur lag bei minus 25–28° C. Ist man mit der Kleidung ins Wasser gekommen, hatte man eine gefrorene Jacke, Hose usw. Die Löcher wurden mit Äxten und großen Vorschlaghämmern geschlagen. Als erstes wurden zwei große, in einem Abstand von etwa fünfzig Metern sich gegenüberliegende Löcher gehauen, die sich *Wunen* nannten, die eine war die Netzeinsatzwune und die gegenüberliegende war die Netzzugwune. Die beiden Flügel der Netze waren an Stangen festgebunden, die unter dem Eis mit Spitzhaken von Loch zu Loch geschoben wurden. Hatte man die Stangen in der Zugwune, entfernte man die Stangen und band die Stricke der Netzflügel jeweils an eine im Eis verankerte Tonne, die von zwei Männern gedreht wurde, bis das Netz angeschleppt wurde. Eine Skizze auf der folgenden Seite verdeutlicht diesen Fischfang.

Beide Flügel des Netzes wurden nun von Männern aus dem Wasser gezogen, es mußte schnell gehen, weil das Netz nach einer Weile gefror. Die Beute wurde nach Größe und Art in bereitstehende Kisten sortiert und gleich in die Stadt zu den Empfängern gefahren. Es waren in der Regel Hotels, Gaststätten und Fischhändler. In dieser Zeit konnte sich jeder der Dorfbewohner Fische vom See holen, die er nicht bezahlen mußte, jedoch kann ich mich erinnern, daß der Zander in der

Regel auch zu dieser Zeit schon nicht verschenkt wurde. Diese Fischerei dauerte auf unserem See etwa 14 Tage. Am Ende solcher Tagesarbeit haben die Fischer stets »einen zur Brust« genommen, der Korn durfte da nicht fehlen.

Eisfischerei in Masuren

Ich erzählte von unserem täglichen Schulweg, der etwa bei vier Kilometern zwischen Haus und Schule gelegen hat. In den Sommermonaten war das kein Problem. Ab November aber mußten wir mit zunehmenden Strapazen fertig werden. Es wurde immer frostiger und der Schnee immer höher. Während wir im Sommer meistens getrennt über Felder und durch den Wald in der Schule angekommen sind, sammelten wir uns in den Wintermonaten stets zu einer bestimmten Zeit an einer vereinbarten Stelle. Viele von uns waren so vermummt, daß man sie nicht erkannt hat. Außer den starken Frösten machten uns zeitweise Schneeverwehungen schwer zu schaffen. Der Schulweg war zwar eine Kiesstraße, sie war aber um diese Zeit, in den Morgenstunden, noch nicht befahren, und so mußten wir uns den Weg selbst bahnen. Auf dem vier Kilometer langen Schulweg, der meistens am Waldrand entlangführte und so dem Wind die Anhäufung der Schneewehen begünstigte, haben wir auf einem kleinen Teil des Weges durch den Wald »Marscherleichterung« verspürt. Der Schnee hatte zwar auch hier eine Höhe bis zu einem Meter, aber der eisige Wind peinigte uns nicht. In der Zeit von Anfang Januar bis Mitte Februar hat es zeitweise morgens Frosttemperaturen um die 30° C gegeben. Ich kann mich erinnern, daß an solchen Tagen unsere Hausmeisterin im Flurraum vor dem Klassenzimmer eine Schüssel mit etwa einem Liter Brennspiritus aufgestellt hatte und streng darauf geachtet hat, daß wir unsere Hände in die Schüssel getaucht haben. Das geschah sicher auf Anordnung unseres Lehrers. Der Heimweg nach der Schule war erträglicher, der Frost war nicht so stark, die Sonne schien meistens und so konnten wir durch den Schnee nicht nur auf der Straße, sondern auch durch Schneeschanzen nach Hause laufen. Waren aber die Schulaufgaben gemacht, mußte Wintersport mit unseren selbstgebauten Geräten, Schlitten und Skiern, betrieben werden. Diese restliche Tageszeit beengte natürlich die

Sportfelder; sie beschränkten sich auf Hügel um das Haus oder im Wald. Der Eissport auf unserem See war dem Samstagnachmittag und dem ganzen Sonntag vorbehalten. Wer also gute Schuhe besaß, konnte sich auch gute Schlittschuhe an die Schuhe schrauben und kilometerweit bis an das Ende unseres Sees laufen. Weil wir auch Seeränder an sumpfigen Stellen und Sumpfengen abgefahren haben, organisierten wir uns immer zu Gruppen mit sechs bis acht Läufern. Bis etwa Ende Februar war das Eis schneefrei, das Wasser darunter so klar, daß man häufig die Fische sehen konnte. Schneefälle in dieser Zeit machten da kaum Schwierigkeiten, der Schnee wurde auf der großen Eisfläche stets in die Schilfränder geweht.

Am Schluß dieser Vorstellung darf ich es nicht versäumen, auch lobende Taten unserem Herrn Lehrer zu testieren. Er war eigentlich nicht nur der Herr Lehrer, er war eine Institution in unserem Dorf. Er kümmerte sich um das kulturelle Leben der Menschen. Veranstaltungen für jung und alt hat er vorbereitet, die Jugend dazu herangezogen und Veranstaltungen organisiert. Ich vermute sogar, daß ihn keiner dazu angehalten hat, sondern er hatte selbst die Initiative und einen Spürsinn dafür, daß die Menschen auch an kulturellen Dingen interessiert waren. Abgestimmt hat er das wohl mit dem Herrn Bürgermeister, der dem Dorfdiener den Auftrag erteilte, solche Neuigkeiten mit Handglockenklang bekanntzumachen – Bekanntmachung hieß das. Ich kann mich da beispielsweise an die Adventfeiern erinnern, besonders beeindruckend aber waren die Weihnachtsfeiern; sie waren dem bodenständigen Kulturvolk angepaßt und zeigten bei den Menschen eine rührende Wirkung. Das Krippenspiel hat er lange vorher mit geeigneten Schülern eingeübt und die Kostüme von Frauen im Dorf nähen lassen. Die Gesangsabschnitte begleitete er auf seiner Geige. Das war stets ein vollwertiger Ersatz für eine kirchliche Weihnachtsfeier, und dafür waren ihm die andächtigen und gottesfürchtigen

49

Menschen stets dankbar. Um diese Zeit des Winters konnte unsere zwölf Kilometer entfernte Kirche auch gar nicht erreicht werden. Kindtaufen und Hochzeiten waren da Ausnahmen. Bei meterhohem Schnee und starkem Frost konnte man das nur in dicken Pelzen mit vorgewärmten Ziegelsteinen an den Füßen in sogenannten Jagdschlitten machen.

So war meine Jugend, und so war das Leben der Menschen in meiner Heimat Masuren.

Es war für mich die Zeit jugendlichen Aufbruchs, die Freiheit und das vielfältige Angebot der Natur anzunehmen. Alles aber orientierte sich an den Lebensbedingungen der Menschen in jener Zeit, die von Bescheidenheit geprägt war. Im Verlauf meiner zahlreichen Jugendtouren und Zeltlager in ganz Ostpreußen konnte ich ähnliche Verhältnisse erkennen.

Bescheidenheit, die nicht selten die Grenze der Armut erreichte, war aber nicht nur im masurischen Kernland, meiner Heimat, spürbar; sie war vielerorts in Ostpreußen und vermutlich über die Grenzen hinaus wahrzunehmen. Diese Jugendzeit ist gedanklich in Erinnerung geblieben; sie war eine kurze, aber schöne, nicht wiederkehrende Zeit. Wenn in der Vergangenheit und vielleicht noch gegenwärtig wirklichkeitsfremde Geschichten erfunden werden, so beruht das nur auf der Erkenntnis, daß man das Land nicht kennt und vermutlich auch gar nicht weiß, wo es zu finden ist. Eines aber ist zutreffend, der Ostpreuße, und besonders der Masure, ist durch seine Verbundenheit zur Heimat geprägt; er vermittelt den Ausdruck von Schwermut.

Masuren, dieses Stück Ostpreußenland, begnadet von der Natur, hat zu Recht seinen Platz in der Ostpreußen-Geschichte als das Land der dunklen Wälder und kristall'nen Seen eingenommen. Seine Menschen haben es respektvoll, unter Beachtung der natürlichen Bedingungen urbar gemacht, sich ihren

Lebensraum geschaffen und es fürsorglich gehegt und gepflegt. Dieses deutsche Kleinod ist scheinbar verloren, auch wenn es gelegentlich noch namentlich erwähnt wird. Eine Vorstellung von ihm haben aber wohl die wenigsten Deutschen.

Als letztes Blatt ist diesem Buch ein Teil Ostpreußens mit dem markierten Kernland Masuren zwischen Allenstein, Hohenstein, Neidenburg, Willenberg, Ortelsburg und Passenheim beigefügt. Von geschichtlicher Bedeutung ist das Jahr 1410 durch den Überfall der Polen und Litauer auf den Deutschen Ritterorden und das Jahr 1917 durch den Einfall der zwei Russen-Armeen unter den Generälen Rennenkamp und Samsonow. Bekannt als die vernichtende Schlacht an den masurischen Seen.

Da fällt mir doch noch etwas ein, worüber ich berichten sollte. Ob das nun der Not gehorchend geschah, oder aus Gründen der Geschäftstüchtigkeit, weiß ich nicht mehr. Von einem Ortelburger Jäger hatte ich anläßlich einer Niederwildjagd bei uns erfahren, daß die Falknerei in der Jägerkaserne an alten Hunden und Katzen interessiert war. Wenn ich also von solchen Tieren welche auftreiben könnte, könnte ich mir mein Taschengeld aufbessern. »Aber wirklich nur alte, unbrauchbare Tiere«, sagte er. Diese Information regte natürlich an, und ich wußte ja, daß mein Opa im Dorf den alten Flocki hat, der sehr alt war und nur noch in seiner Hütte herumkauerte, blind geworden war und nicht mehr laufen konnte. Ich erzählte die Geschichte dem Opa, er sagte mir, ja, davon habe er auch schon gehört. »Also mach das mal, Junge«, sagte er. Mein Geschäft war also in trockenen Tüchern, würde man heute sagen. Ich band Flocki eine zusammengeknotete Aalschnur an sein Halsband und los ging es nach Ortelsburg. In der Jägerkaserne ging alles so, wie man mir das erzählt hat. In der Falknerei der Soldaten angekommen, wurde ich freundlich begrüßt.

Flocki wurde das Halsband abgenommen, dann wurde es mir zurückgegeben. Ich bekam für Flocki und meinen Transport fünfzig Pfennig und fühlte mich als reicher Mann. Man sagte mir, daß Flockis Altersleiden schmerzlos beendet würde. Ich brauchte mir um ihn keine Sorgen mehr zu machen. Aber ich wußte ja, daß Flocki den Raubvögeln als Futter dienen sollte. Auf dem Heimweg dachte ich an Flocki, auch nachts träumte ich von ihm und wollte das dann doch nicht mehr machen. Ich erzählte das dann meinen Freunden und erfuhr, daß einer von ihnen das gleiche Geschäft gemacht hat.

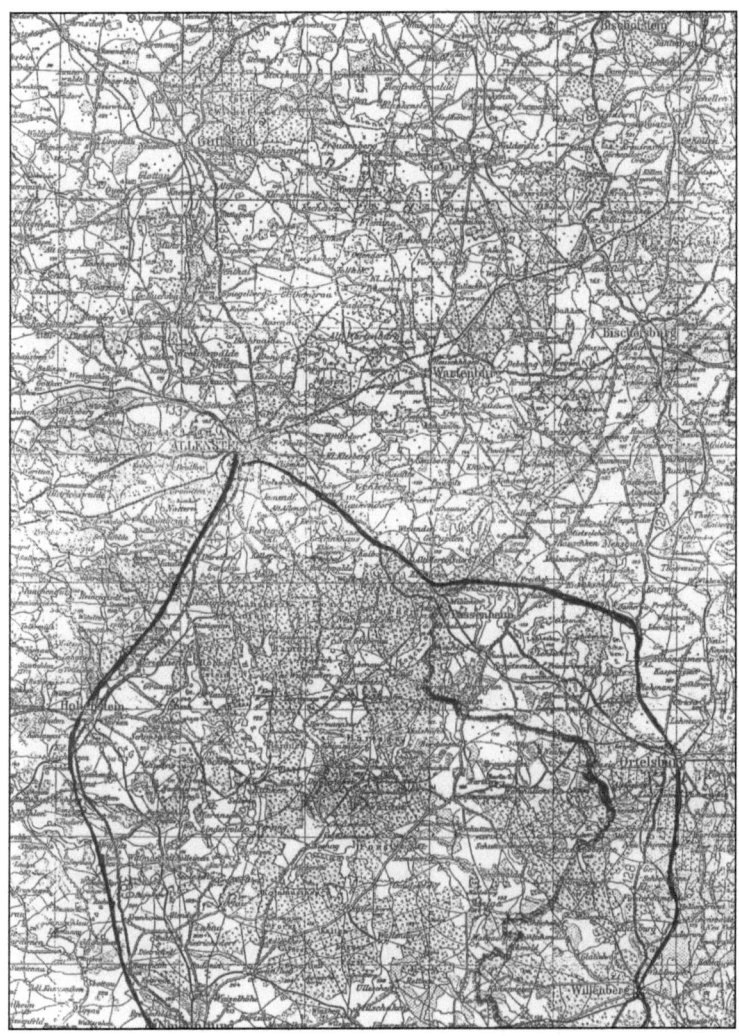

Zur Erinnerung

Der Autor hat am Anfang dieses Buches erwähnt, daß der Heimatverlust die Folge einer diktatorischen Entscheidung war. Dieser Völkerrechtsbruch wurde begangen im Spätherbst des Jahres 1943 in Teheran durch

Roosevelt, Amerika
Churchill, England
Stalin, Rußland (Sowjetunion).

Sie haben beschlossen, die deutschen Ostgebiete vom deutschen Reich abzutrennen, um Deutschland zu dezimieren. Rußland, zu diesem Zeitpunkt Sowjetunion, hat gemeinsam mit Polen diesen Beschluß im August des Jahres 1945 umgesetzt.

Eine dramatische Zäsur wurde Deutschland in seiner zwölfhundertjährigen Geschichte zugefügt.

156.050 qkm = 34,5 % urdeutschen Landes wurden geraubt.

13.824.400 Menschen waren vom Opfergang – Flucht, Massenvertreibung und Deportation – betroffen.

2.221.200 Menschen kamen durch Mißhandlungen, Folter, Hunger und Epidemien ums Leben.

Ein durch Stiftungen in Deutschland bekannter und in England lebender Jude bekundete:

»Sofern das Gewissen der Menschheit jemals wieder empfindlich werden sollte, werden diese Vertreibungen als eine unsterbliche Schande all derer im Gedächtnis bleiben, die sie veranlaßt oder sich damit abgefunden haben. Die Deutschen wurden vertrieben mit dem höchsten Maß an Brutalität.«

Gewissenlosigkeit und der Brutalität Beistand leistend, das muß in diesem Sinne auch den Abgeordneten des Deutschen

Bundestages in ihrer 229. Sitzung testiert werden. In gleichem Maße trifft es auch jene Deutschen, die den Zwei-Plus-Vier-Vertrag gefertigt haben.

– Volksverrat kann nicht erzwungen werden! –